AF462140

20 Mars 1908

marqué P

ATELIER

Eugène Girardet

ATELIER

EUGÈNE GIRARDET

CONDITIONS DE LA VENTE

Elle sera faite au comptant.

Les Adjudicataires paieront *dix pour cent* en sus des enchères.

Paris. — Imprimerie Georges Petit, 12, rue Godot-de-Mauroi. — 18230-08.

Eugène Girardet

CATALOGUE

DES

TABLEAUX

PROVENANT DE L'ATELIER

EUGÈNE GIRARDET

DONT LA VENTE AURA LIEU

PAR SUITE DE DÉCÈS

HOTEL DROUOT, SALLE N° 6

Le Vendredi 20 Mars 1908, à 2 heures

COMMISSAIRE-PRISEUR	EXPERT
Me F. LAIR-DUBREUIL	M. GEORGES PETIT
6, rue Favart, 6	8, rue de Sèze, 8

EXPOSITION PUBLIQUE

Le Jeudi 19 Mars 1908, de 1 heure 1/2 à 6 heures.

EUGÈNE GIRARDET

L y a d'Eugène Girardet une œuvre qui, celle-là certes, ne figurera pas à sa vente posthume. Mais elle mériterait vraiment d'être montrée à la place d'honneur dans son Exposition. C'est ce qu'il appelait le Livre d'or de la famille. Notre cher et bon Girardet y est tout entier. L'homme et l'artiste y dévoilent, l'un et l'autre, pour le cercle étroit des proches, à l'abri des regards indifférents ou indiscrets, les trésors de leurs dons naturels, de leurs vertus souriantes et fortes. Il semble que cette nature modeste ait voulu réserver pour une intimité cachée les plus vives et les plus libres de ses heureuses qualités natives.

Qu'on se figure trois volumes dont toutes les pages sont couvertes de dessins. Depuis le jour du mariage de l'artiste, toutes les dates mémorables de la vie de la famille sont consignées sans oubli, les événements les plus graves comme les plus menus incidents, du moment qu'ils doivent laisser un souvenir, et d'une plume singulièrement alerte, tour à tour vive, spirituelle, émue, en croquis surprenants de pittoresque, d'humour, de sensibilité et de vérité. Car si c'est de l'histoire intime, c'est, toutefois, de l'histoire.

Naissances, avec les berceaux garnis de dentelles où s'agite la gaucherie des petites menottes roses : baptêmes : mariages, avec les réunions joyeuses des familles unies et la solennité religieuse de la bénédiction, dans ce foyer très chrétien : péripéties de la recherche d'une nourrice à travers les maisons de chaume de quelque hameau éloigné : voyages, avec leurs surprises, leurs extases et aussi leurs tribulations... ! Ici, c'est le vapeur fendant les petites lames drues de la Méditerranée en face du panorama éblouissant d'Alger : là une caravane de chameaux suivant la gorge d'El-Kantara, ou la voiture cahotante, conduite par un Maltais, qui porte à travers les sables les voyageurs secoués de M'sila à Bou-Saada. Plus loin, c'est une dahabieh qui glisse le long des bords vaseux du Nil. Ailleurs, c'est tel séjour aux bains de mer, en Normandie ou bien en Languedoc, à l'ombre des noirs cyprès et des oliviers gris, dans la propriété où le beau-frère, Burnand, a trouvé tous ses beaux motifs méridionaux avant de se livrer à la peinture sacrée. Accidents ou maladies, rougeoles bénignes qui font de la « nursery » un petit paradis bien tiède pour les enfants choyés et gâtés ; angines qui mettent l'anxiété dans la maison... Et la première entrée dans le monde d'une des jeunes filles ; et tel concert qui a laissé tant d'échos dans le souvenir, et telle exposition où se conquirent des récompenses bien légitimement gagnées ; et les portraits des parents, des amis et aussi, de loin en loin, les couronnes, les croix et les catafalques qui disent les vides creusés autour de la maison... Toute cette existence d'un petit groupe humain étroitement uni est racontée là, jusqu'aux dernières douleurs, aux angoisses suprêmes, presque jusqu'à l'extrême minute où le héros de cette longue chaîne de tableaux vécus est terrassé par le mal vainqueur et fixé sur son lit de mort, cette fois par la main pieuse de son beau-frère.

En parcourant ce mémorial, qui n'a été destiné qu'aux proches, au milieu de ces souvenirs pleins d'émotions où l'on n'ose entrer tout à fait par une pudeur d'étranger qui se sent indiscret, on n'a pas le loisir de penser aux mérites de l'instrument qui a tracé toutes les scènes animées de cette chronique familiale. On ne voit guère pour l'instant que l'homme, cet homme bon, délicat, indulgent, par un optimisme qui lui venait de nature et aussi par une foi très tolérante, mais très profonde, ce cœur sûr et bienveillant qui voyait les amertumes de la vie avec une vaillance et une sérénité de stoïcien ou de chrétien.

Que les amis, en effet, se rappellent les dernières années de la vie d'Eugène Girardet, ce foyer en plein bonheur, dans une large aisance, avec une femme supérieure, compagne précieuse par l'intelligence comme par le cœur, dirigeant toute une petite tribu d'enfants et petits-enfants, où d'exquises jeunes femmes ou jeunes filles embellissaient la maison, où l'on voyait éclore, avec un émoi joyeux, ces dons tout à fait ataviques pour le dessin qui depuis deux siècles ont caractérisé la vieille famille neuchâteloise des Girardet !

Et, tout à coup, un mal terrible, un mal mystérieux et doublement cruel, car il venait sourdement détruire la vie et ravager lentement les traits si finement modelés de cet aimable et délicat visage ! Avec quels espoirs, réels ou simulés, Girardet essaya-t-il, comme le raconte avec une paisible résignation son livre, de tous les moyens que la science impuissante imaginait vainement, pour arrêter ou retarder la marche de cette maladie outrageante ou, tout au moins, pour faire illusion aux siens ! Quel drame poignant au fond de cette âme qui ne se montrait jamais extérieurement que par des sourires !

Et, malgré tout, au milieu du bonheur, plus dissolvant peut-être que l'épreuve, comme dans la tristesse cachée des jours amers, jamais de lassitude, jamais d'abandon ! Son art, il l'a bien fait voir, est tellement mêlé à ses plus secrètes pensées, aux plus familières préoccupations de sa vie, qu'il ne laisse tomber son pinceau, son crayon ou sa plume, que lorsqu'il est finalement vaincu. Car ce charmant esprit, plein d'enthousiasme et de jeunesse, ardent à entreprendre, était inlassablement laborieux. Le travail, cependant, n'était pour lui qu'un jeu. Dans ce journal illustré, exécuté pour une intimité très limitée, on découvre, mieux encore que dans ses œuvres de peintre, ces dons extraordinaires d'expression graphique qui ont distingué plusieurs générations antérieures de sa famille.

Girardet eût été vraiment un incomparable graveur. Ses dessins à la plume ont le côté net, incisif et blond d'un cuivre entamé par le burin, ou la légèreté et la couleur de vives et libres eaux-fortes.

Il tenait sans doute cette faculté particulière de son père, Paul Girardet, qui, on le sait, s'était fait une place distinguée comme graveur et était correspondant de l'Institut. C'était, d'ailleurs, une sorte de prédestination spéciale chez tous les Girardet qui se sont voués à l'art, et on en compte bien, au moins, une douzaine.

Comme peintre, toutefois, Eugène Girardet montra de bonne heure un entrain, une abondance et une facilité extraordinaires. Sa vocation s'était manifestée dès son plus jeune âge. Il était alors ce qu'on est convenu d'appeler un enfant prodige. Ses dessins témoignaient déjà d'une liberté et d'une aisance qui semblaient le résultat d'une éducation plus complète et d'une pratique plus prolongée. Il se faisait remarquer par une vivacité de vision pittoresque, servie, avec une application soutenue, par une dextérité et une souplesse de main très rares, qui faisaient la joie de son maître Gérôme. Le vieil orientaliste impénitent, qui ne pouvait se lasser de ruminer ses anciens souvenirs d'Égypte et qui présida avec tant de satisfaction à la naissance de notre Société des Peintres orientalistes français, le brusque et nerveux Gérôme au profil énergique de pirate grec, se plaisait à prédire à notre ami Girardet le plus brillant avenir et il fut peut-être le premier qui dirigea ses regards vers l'Orient.

Ces encouragements ne lui furent sans doute point inutiles. Mais il y avait au fond du sang des Girardet un besoin inné de déplacement, d'aventures et de voyages, un goût de nouveauté et de pittoresque qui avait dispersé les membres des générations antérieures à tous les coins du monde les plus éloignés du modeste petit canton originel. Son oncle Karl, par exemple, qui a laissé une réputation bien établie, fixa son chevalet en Italie, en Espagne, en Illyrie, en Croatie et en Égypte, où le rejoignait son frère Édouard.

En 1874 — il avait alors 21 ans, étant né à Paris en 1853 — Eugène Girardet s'envola de ses propres ailes, dit adieu à son maître et à l'École des Beaux-Arts et se dirigea tout droit sur l'Espagne et le Maroc. Ce fut son premier contact avec le monde musulman. Il fut tout de suite conquis, au Maroc, par cette civilisation primitive, pleine à la fois de faste et de simplicité, d'extraordinaire et de naturel, de couleur et d'austérité. Peut-être même ce bon huguenot, nourri de la moelle de la Bible, — cette Bible illustrée déjà par ses grands-oncles et qu'on appelle encore la *Bible des Girardet*, — retrouvait-il dans les spectacles de cette vie patriarcale les tableaux dont son imagination s'était délectée dès l'enfance.

En 1879, il retourna dans l'Afrique du Nord, mais cette fois il choisit l'Algérie, plus abordable, plus variée peut-être, à laquelle nos maitres découvraient chaque jour des caractères nouveaux de grandeur et de beauté.

Après Fromentin, qui s'était plu surtout à en extraire brillamment le côté aristocratique et chevaleresque, plus proche, d'ailleurs, du souvenir de la féodalité des deys renversée par nos armes, Guillaumet ne venait-il pas, à l'instant même, d'offrir une vision plus intime et plus réelle de la vie arabe, en peignant de préférence les mœurs héroïques et familières des nomades du Sud et en s'appuyant sur les exemples éloquents de Millet?

Girardet se rend donc à Biskra et il fut aussitôt charmé par l'aspect du vieux village si heureusement traversé par sa seguia et disposé entre les milliers de palmes de ses oasis. Il y retourna plus tard, car il fit en Algérie jusqu'à huit voyages. Il se fixa tour à tour à Alger, à Boghari, et surtout à El-Kantara et à Bou-Saada, qui devinrent ses résidences de prédilection. Ses séjours étaient toujours assez prolongés; il ne campait pas en touriste, pour lever le siège aussitôt ses toiles finies. Il aimait à contempler cette nature, à observer et comme à vivre ces mœurs. Il se rencontrait dans ces régions avec Dinet, qui y établissait successivement son quartier général et qui commençait cette évolution nouvelle et si hardie de l'orientalisme, dans laquelle le caractère local du pays et de la race était réalisé avec une puissance d'expression inconnue par l'analyse puissante, subtile et sûre des phénomènes lumineux et atmosphériques et par l'étude attentive des formes et de leurs jeux dans l'action et dans la mimique.

Girardet, en esprit éveillé, avait les yeux ouverts sur toutes les transformations des modes d'expression de ces spectacles exceptionnels, et il en faisait son profit. Sa palette s'éclaircit, sa vision s'exalte et s'égaie; sa brosse courait, plus rapide et plus alerte, pour traduire toutes ces sensations exquises de lumière et de couleur.

Ici, ce sont des troupeaux de chèvres gambadant dans la poussière, entre les petits murs de pisé qui bordent les jardins d'où les palmiers balancent sur le chemin leur ombre dentelée. Là, ce sont de petits ânes lourdement chargés de longs sacs gonflés, qui trottinent sur la route d'El-Kantara, entre les hautes parois rouges et calcinées des gorges. Plus loin, les laveuses piétinant leur linge multicolore dans l'eau irisée des oueds bordés de lauriers roses. Puis, la récolte des dattes, avec les cueilleurs grimpés sur les troncs hérissés où pendent les régimes d'or roux. C'est le muezzin psalmodiant son appel du haut de la terrasse de sa mosquée (comme dans le tableau du musée de Bâle); la noce s'avançant entre les rues du Ksar, au milieu du bruit des derboukas, du son nasillard des hautbois et des « youyou » glapissants des femmes. C'est la *fantasia* qui lance ses cavaliers, debout sur les étriers, dans la poussière blonde des sables et la fumée de la poudre. C'est aussi le modeste kaouadgi qui range ses tasses sur sa petite étagère peinte, comme dans l'exquise peinture qui prendra sa place au Luxembourg, ou encore ce vieil Arabe, à cheval sur son bourriquot, chargé d'un amoncellement de victuailles destinées au marché prochain, qui charme les longueurs de la route et excite sa vaillante petite monture, en chantant accompagné sur une sorte de guitare. Cette forte et curieuse peinture, d'un caractère si décoratif, est destinée par la famille au musée que prépare, à Alger, avec le concours des peintres orientalistes, le gouvernement général de l'Algérie. Il n'est pas même jusqu'à ces Touaregs, alors si mystérieux, dont on ne connaissait encore qu'une seule image authentique de Marius Perret, que Girardet n'ait osé suivre dans leurs incursions et leurs razzias.

Girardet voulut connaitre toutes les régions de ce monde immense de l'Islam et celles même où il a pris sa source. Il visita la Tunisie et il fit une campagne en Égypte et en Palestine. Il a rapporté d'Égypte de nobles visions du Sphinx se dégageant des sables comme un monstre colossal qui se redresse, des dahabieh glissant le long des berges peuplées d'augustes ruines, des femmes fellahs, descendant puiser aux eaux du fleuve, dans leur austère robe bleue. Quant à la Palestine, ce fut pour un chrétien comme lui une sorte de pèlerinage. Hélas ! il lui fut fatal peut-être, si c'est de là, comme il le croyait, qu'il avait rapporté le germe de son mal. Il y a peint un tombeau d'Alsalon sous les figuiers et les mimosas et surtout une grande et imposante cérémonie dans le sanctuaire de Jérusalem, autour du Saint-Sépulcre, qu'on n'a point oubliés.

Girardet était donc essentiellement orientaliste. Bien qu'il ne se fît point faute, dans son incessante curiosité et son constant besoin de travail, de peindre les êtres ou les spectacles qu'il avait sous les yeux, ce genre répondait plus exactement à son idiosyncrasie intellectuelle. Il ne trouvait que dans ces sujets la complète satisfaction de ses goûts. Aussi, dès la fondation de la Société des Orientalistes, prit-il une place importante dans les expositions qu'elle organisa, heureux de se sentir au milieu de camarades qui partageaient les mêmes goûts et qui professaient pour lui une considération faite d'estime et d'amitié.

Ces camarades viennent de lui rendre un dernier hommage, en réunissant un choix de ses œuvres les plus expressives. Cet hommage est aussi une consécration. Leur ensemble, en effet, montre chez Eugène Girardet ses véritables qualités de peintre, sensible à la grande féerie du ciel oriental. Ses toiles sont loin d'être des souvenirs de voyages ou des descriptions ethnographiques. Ce sont, assurément, des portraits de lieux, mais des portraits fidèles et tracés par un artiste qui les voit en peintre. Tous ses dons heureux, tout son optimisme bienveillant se révèlent dans leur brillant coloris, leur liberté et leur facilité. Ce qui a peut-être manqué justement à Girardet, c'est l'effort à faire, la lutte qui vous oblige à chercher toujours plus haut et plus loin. Mais tous les poèmes si divers de ce vaste cycle à la gloire du ciel d'Afrique et du monde oriental ont leur éclat ou leur grâce, leur aimable ou vive animation, le réel intérêt qui provient de la sensibilité et de la probité de l'artiste. Ce n'est donc pas notre cher et pauvre ami, bien qu'il ait été arraché trop tôt à son œuvre, qui portera avec le moins d'honneur le nom de Girardet, tant de fois célèbre et qu'il a illustré à son tour, au delà des frontières de la petite patrie helvétique.

Léonce Bénédite.

DÉSIGNATION

Algérie, Tunisie, Maroc

1 — **Halte au désert.**

Panneau. Haut., 19 cent.; larg., 36 cent.

2 — **Dattiers avec leurs régimes (province d'Alger).**

Panneau. Haut., 27 cent.; larg., 41 cent.

3 — **Village aux environs de Boghari.**

Toile. Haut., 38 cent.; larg., 55 cent.

4 — **Touareg en vedette.**

Toile. Haut., 71 cent.; larg., 49 cent.

5 — **Rentrée du troupeau (village rouge, effet de soir).**

Haut., 60 cent.; larg., 99 cent.

6 — La Fantasia.

A gauche, un groupe compact d'Arabes assis ou debout, assistant à la fantasia. Le soleil joue sur la blancheur des burnous et fait étinceler, au fond, le dôme d'une mosquée. Vers le fond, au pied des dunes arides, ceux qui prennent part à la fantasia forment un rassemblement mouvementé que va rejoindre un cavalier, à droite. Deux autres cavaliers, côte à côte, se touchant de l'étrier, penchés sur leurs montures et le fusil à l'épaule, passent au grand galop devant les spectateurs, tandis qu'un troisième, arrivé au bout de sa course et brandissant son arme de la main gauche, retient de la droite son cheval qui se cabre et soulève dans le vent un épais nuage de poussière.

Signé à gauche, en bas : *Eugène Girardet.*

N° [illegible] La Fantasia

7 — **Campement au village rouge.**

Toile. Haut., 45 cent.; larg., 71 cent.

8 — **Les Orges. Biskra (1879).**

Carton. Haut, 19 cent.; larg., 32 cent.

9 — **Café à Biskra.**

Toile. Haut., 31 cent.; larg., 45 cent.

10 — **A la porte d'un café, à Biskra.**

Panneau. Haut., 26 cent.; larg., 40 cent.

11 — **La Rentrée du troupeau (Algérie).**

Toile. Haut., 38 cent.; larg., 55 cent.

12 — **Le Soir au désert.**

Toile. Haut., 49 cent.; larg., 73 cent.

13 — **Le Couscouss (Algérie).**

Toile. Haut., 54 cent.; larg., 82 cent.

14 — **Le Percepteur d'impôts (Algérie).**

Toile. Haut., 92 cent.; larg., 72 cent.

15 — **Arabe attaqué par des Sloughis.**

Toile. Haut., 81 cent.; larg., 1 mètre.

16 — Une Ruelle à Biskra.

Entre deux murs de terre sèche, sous les ombrages qui laissent filtrer la lumière du soleil, une petite route bordée d'un ruisseau clair. A gauche, quelques brebis et chèvres noires s'avancent, guidées par une femme arabe, portant un enfant sur son dos.

Tout au fond, au tournant du chemin, débouche, monté sur un âne gris, un Arabe au blanc burnous.

Signé à droite, en bas.

Toile. Haut., 48 cent.; larg., 73 cent.

N° [illegible] — Un Ravin à Biskra.

17 — **Caravane dans le désert.**

Toile. Haut., 39 cent.; larg., 70 cent.

18 — **Sortie du village d'Indiss.**

Panneau. Haut., 22 cent.; larg., 32 cent.

19 — **Plaine de M'Silla.**

Carton. Haut., 25 cent.; larg., 37 cent.

20 — **Fillette tenant un régime de dattes.**

Panneau. Haut., 40 cent.; larg., 26 cent.

21 — **L'Aube au désert.**

Toile. Haut., 37 cent.; larg., 68 cent.

22 — **Joueur de flûte marocain.**

Carton. Haut., 34 cent.; larg., 26 cent.

23 — **Chien sloughi gardant les dattiers.**

Panneau. Haut., 21 cent.; larg., 32 cent.

24 — **Tête d'Arabe.**

Carton. Haut., 27 cent.; larg., 20 cent.

25 — **Torrent à sec (environs de Biskra).**

Panneau. Haut., 15 cent.; larg., 28 cent.

26 — **Le Soir au désert.**

27 — **Campement dans les plaines de Boghari.**

Panneau. Haut., 22 cent.; larg., 32 cent.

28 — **Environs de Biskra.**

Cinq études sur un panneau.

Chaque étude mesure 17 cent. 1/2 sur 9 cent.

29 — **Le soir, mosquée à Tunis.**

Toile. Haut., 55 cent.; larg., 38 cent.

EL-KANTARA

30 — **Le Retour du Marché. El Kantara.**

Toile. Haut., 52 cent.; larg., 72 cent.

31 — **Passage à El-Kantara.**

Toile. Haut., 38 cent.; larg., 55 cent.

32 — **Troupeau rentrant au village rouge d'El-Kantara.**

Panneau. Haut., 32 cent.; larg., 41 cent.

Repas au couscous. El Kantara.

33 — **Repas au couscouss. El-Kantara.**

Ils sont trois, installés autour de la coupe de bois qui contient leur mets préféré ; un vieillard, un enfant coiffé d'une chéchia rouge, et un Arabe encore jeune, au profil fortement accusé.

Sur la droite, au détour de la rue, on aperçoit un chien qui guette, prêt à bondir sur les reliefs abandonnés du festin.

Panneau. Haut., 28 cent. ; larg., 42 cent.

34 — Environs d'El-Kantara.

Sur un chemin de corniche, taillé dans la roche crayeuse, un Arabe monté sur un âne et portant un enfant.

A droite, les ondulations mauves du sable et l'horizon bleuté des collines se détachant sur un ciel où passent quelques nuées.

Signé.

Toile. Haut., 38 cent.; larg., 55 cent.

N° 34. — *Environs d'El-Kantara*

255

35 — **Marchand de dattes à El-Kantara.**

Panneau. Haut., 32 cent.; larg., 41 cent.

36 — **Jeune femme d'El-Kantara.**

Toile. Haut., 46 cent.; larg., 38 cent.

37 — **Village rouge, vu des hauteurs d'El-Kantara (1903).**

Panneau. Haut., 27 cent.; larg., 41 cent.

38 — **Porte d'entrée d'une maison arabe. El-Kantara.**

Panneau. Haut., 22 cent.; larg., 32 cent.

39 — **Chemin dans l'oasis d'El-Kantara.**

Panneau. Haut., 26 cent.; larg., 40 cent.

40 — **Village d'El-Kantara, sur la route de Biskra.**

Panneau. Haut., 26 cent.; larg., 41 cent.

41 — **Chemin conduisant à la rivière d'El-Kantara.**

Panneau. Haut., 33 cent.; larg., 21 cent.

42 — **Régime de dattes dans l'oasis d'El-Kantara.**

Panneau. Haut., 21 cent.; larg., 32 cent.

43 — L'Oued à El-Kantara.

L'eau limpide, diaprée, circule entre les montagnes rocheuses dont les mamelons violets occupent l'horizon et dont les fleurs se parent de verdure.

Une petite fille arabe, en tunique rouge, est descendue pieds nus dans le courant et, tandis que son âne y boit, elle emplit d'eau les deux barillets qu'il porte sur son dos.

Signé à droite, en bas.

Panneau. Haut., 26 cent. 1/2; larg., 42 cent.

N° V. — L'Oued El Kantara

44 — **Femme portant son enfant. El-Kantara.**

Panneau. Haut., 32 cent.; larg., 22 cent.

45 — **Les Hauteurs de Mettilly, aux environs d'El-Kantara (1500 mètres).**

Panneau. Haut., 26 cent.; larg., 41 cent.

46 — **Village blanc. El-Kantara.**

Panneau. Haut., 26 cent.; larg., 41 cent.

47 — **Village noir. Coucher du soleil. El-Kantara.**

Panneau. Haut., 26 cent.; larg., 41 cent.

48 — **Cafetier à son fourneau. El-Kantara.**

Panneau. Haut., 32 cent.; larg., 21 cent.

49 — **Femme portant son enfant. El-Kantara.**

Panneau. Haut., 32 cent.; larg., 21 cent.

50 — **Passage au village blanc, à El-Kantara.**

Panneau. Haut., 25 cent.; larg., 41 cent.

51 — **Café à El-Kantara.**

Toile. Haut., 33 cent.; larg., 46 cent.

52 — **Chemin dans l'oasis d'El-Kantara.**

Panneau. Haut., 32 cent.; larg., 41 cent.

53 — El-Kantara.

Entre les maisons de la ville, dont les terrasses se propagent jusqu'aux monts roux et bleuâtres qui ferment l'horizon, au haut d'une rue montante, débouche une petite troupe. Elle est composée d'une femme vêtue de rouge et portant un enfant sur son dos, et de plusieurs hommes dont l'un monté sur une ânesse que précède en gambadant son ânon.

Dans l'ombre que projette, à gauche, le mur d'une maison, un Arabe enveloppé du burnous est assis devant sa porte et considère les survenants.

Signé à gauche, en bas.

Toile. Haut., 38 cent.; larg., 55 cent.

N° [illegible] El Kantara

54 — **Village rouge, à El-Kantara.**

Panneau. Haut., 26 cent.; larg., 42 cent.

55 — **Rochers à El-Kantara.**

Panneau. Haut., 26 cent.; larg., 41 cent.

56 — **Campement aux environs d'El-Kantara.**

Panneau. Haut., 27 cent.; larg., 41 cent.

BOU-SAADA

---

57 — **Matinée à Bou-Saada.**

Toile. Haut., 59 cent. 1/2; larg., 45 cent.

58 — **La Montagne rouge, à Bou-Saada.**

Toile. Haut., 50 cent.; larg., 74 cent. 1/2.

59 — **Bou-Saada.**

Panneau. Haut., 21 cent.; larg., 31 cent.

60 — **Cheval arabe. Bou-Saada.**

Panneau. Haut., 21 cent.; larg., 32 cent.

61 — **Oued à Bou-Saada.**

Au creux abrité de l'oasis, entre des cailloux blancs, coule un ruisseau transparent qu'ombragent les palmiers. Au fond, la perspective est fermée par les derniers contreforts de l'Atlas, teintés de nuances mauves. A gauche, dans l'ombre projetée par une roche, un Arabe étendu se repose. Un garçonnet, monté sur un âne noir, rapporte un régime de dattes. A côté de lui monte sa petite compagne, en robe rouge.

Signé à gauche, en bas.

Toile. Haut., 48 cent.; larg., 73 cent.

N° [illegible] — Oued à Bou Saâda.

62 — **Marché de moutons, à Bou-Saada.**

Panneau. Haut., 24 cent.; larg., 37 cent.

63 — **La Séguia, à Bou-Saada.**

Panneau. Haut., 41 cent.; larg., 26 cent.

64 — **Entrée de Bou-Saada.**

Panneau. Haut., 22 cent.; larg., 33 cent.

65 — **Rochers à Bou-Saada.**

Carton. Haut., 24 cent.; larg., 37 cent.

66 — **Village d'Inddiss, près Bou-Saada.**

Panneau. Haut., 22 cent.; larg., 32 cent.

67 — **Place de la Mosquée, à Bou-Saada.**

Panneau. Haut., 26 cent.; larg., 41 cent.

68 — **Tailleur sur le pas de sa porte, à Bou-Saada.**

Panneau. Haut., 26 cent.; larg., 41 cent.

69 — **La Montagne noire, à Bou-Saada.**

Panneau. Haut., 41 cent.; larg., 26 cent.

70 — **Vue des terrasses, à Bou-Saada.**

Panneau. Haut., 26 cent.; larg., 41 cent.

71 — La Prière, à Bou-Saada.

Sur la terrasse de leur maison, tournés vers l'Orient où le soleil à son coucher laisse une traînée violette, sept Arabes sont en prière. Suivant le rite accoutumé, ils ont retiré leurs chaussures. Trois sont à genoux, profondément recueillis ; deux s'inclinent ; deux autres, au fond, prosternent leurs fronts sur le sol. Celui qui occupe le centre du groupe, accroupi sur un tapis, est vêtu d'un manteau rouge et tourne entre ses doigts les grains d'un chapelet.

A gauche, un huitième personnage, vu de dos et couvert d'un burnous brun, se dispose à gravir l'escalier qui mène à une terrasse supérieure.

Signé à gauche, en bas.

Toile. Haut., 74 cent.; larg., 1 mètre.

N° [illegible] La Prière à [illegible]

500

72 — **Dans les dunes de sable. Temps gris, à Bou-Saada.**

Panneau. Haut., 23 cent.; larg., 33 cent.

73 — **Villa d'El-Amel (environs de Bou-Saada).**

Panneau. Haut., 26 cent.; larg., 41 cent.

74 — **Rue de la Mosquée, à Bou-Saada.**

Panneau. Haut., 41 cent.; larg., 26 cent.

75 — **Passage, à Bou-Saada.**

Panneau. Haut., 41 cent.; larg., 26 cent.

76 — **Gamins de Bou-Saada.**

Panneau. Haut., 26 cent.; larg., 41 cent.

77 — **Marabout, à Bou-Saada.**

Panneau. Haut., 22 cent.; larg., 32 cent.

78 — **Laveuses, à Bou-Saada.**

Panneau. Haut., 22 cent.; larg., 32 cent.

79 — **Petite place de Marché, à Bou-Saada.**

Panneau. Haut., 22 cent.; larg., 32 cent.

80 — **Chemin d'El-Amel (environs de Bou-Saada).**

Panneau. Haut., 23 cent.; larg., 32 cent.

81 — **Route de Laghouat, à Bou-Saada.**

Panneau. Haut., 22 cent.; larg., 33 cent.

82 — **Aveugle dans la rue. Bou-Saada.**

Panneau. Haut., 41 cent.; larg., 26 cent.

83 — **Passage sous la Mosquée de Bou-Saada.**

Panneau. Haut., 26 cent.; larg., 23 cent.

84 — **Fin de journée, à Bou-Saada.**

Panneau. Haut., 26 cent.; larg., 21 cent.

85 — **Laveuses dans la rivière de Bou-Saada.**

Panneau. Haut., 32 cent.; larg., 22 cent.

86 — **Arabe en prières, sur la terrasse de la Mosquée, à Bou-Saada (1891).**

Panneau. Haut., 41 cent.; larg., 26 cent.

87 — **Rochers de la rivière, à Bou-Saada.**

Panneau. Haut., 22 cent.; larg., 32 cent.

88 — **Rochers dans les dunes de sable, à Bou-Saada (1872).**

Panneau. Haut., 22 cent.; larg., 32 cent.

89 — **Entrée de Bou-Saada.**

Toile marouflée. Haut., 26 cent.; larg., 41 cent.

90 — **Les Sables, à Bou-Saada.**

Toile marouflée. Haut., 25 cent.; larg., 40 cent.

91 — **Troupeau dans la montagne de Ker-Dada (environs de Bou-Saada).**

Panneau. Haut., 22 cent.; larg., 32 cent.

92 — **Rue couverte, à Bou-Saada (1892).**

Panneau. Haut., 32 cent.; larg., 22 cent.

93 — **Rentrée du troupeau, à Bou-Saada.**

Toile. Haut., 38 cent.; larg., 55 cent.

94 — **Village de Bou-Saada.**

Toile. Haut., 38 cent.; larg., 55 cent.

95 — **Femme portant un paquet d'alfa, à Bou-Saada.**

Toile. Haut., 55 cent.; larg., 38 cent.

96 — **Les Dunes, à Bou-Saada.**

Toile. Haut., 38 1/2 cent.; larg., 69 cent.

Égypte

97 — Le Sphinx.

Au pied du Sphynx énorme dont la masse domine l'étendue des sables, sur la route vaguement tracée qui s'enfonce dans le désert, une petite caravane se met en marche : d'abord quelques moutons, guidés par un pâtre, puis deux chameaux, — l'un monté par un Arabe, l'autre portant un fardeau, — un âne blanc que chevauche une femme étroitement enveloppée d'étoffes noires, enfin quelques Arabes à pied.

Derrière le Sphinx, au fond, contre le ciel bleu, on voit une des trois pyramides.

Signé à gauche, en bas.

Toile. Haut., 61 cent.; larg., 1 m. 20.

98 — **Bords du Nil (soleil couchant).**

Toile. Haut., 68 cent.; larg., 1 m. 09.

99 — **Bac à Boulacq (Égypte).**

Toile. Haut., 39 cent.; larg., 68 cent. 1/2.

100 — **Sphinx. Le Caire.**

Carton. Haut., 25 cent.; larg., 40 cent.

101 — **Route de la Fontaine de Moïse.**

Panneau. Haut., 26 cent.; larg., 41 cent.

102 — **Le Désert. Route de la Fontaine de Moïse, au Caire (1898).**

Carton. Haut., 22 cent.; larg., 32 cent.

103 — **Sakkieh dans un jardin. Le Caire.**

Carton. Haut., 25 cent.; larg., 40 cent.

104 — **Au galop. Le Caire.**

Toile. Haut., 55 cent.; larg., 38 cent.

105 — **Café au Caire.**

Toile. Haut., 38 cent.; larg., 55 cent.

106 — **Les Saintes Femmes se rendant au Tombeau.**

C'est vers la fin du jour, dans un lieu sauvage où la roche est à peine couverte d'une maigre verdure, hors des remparts de Jérusalem qu'on voit se dresser, à droite, éclairés à leur faîte par les rayons du soleil.

Trois femmes s'apprêtent à descendre un escalier de pierre, au centre, premier plan. La plus vieille, habillée d'étoffes sombres, baisse les yeux sur un coffret qu'elle tient entre ses mains. Elle soutient Marie-Madeleine, qu'une accablante douleur penche vers elle et qui laisse, de sa mante bleue, s'épancher une lourde chevelure rousse. La plus jeune, ayant déjà descendu quelques degrés, se retourne vers ses compagnes. Elle porte un voile blanc sur sa robe brune, sa main droite tient une cruche pour le lavement du corps et sa main gauche un brûle-parfums.

On voit, au fond, s'avancer deux formes blanches, porteuses aussi d'objets rituels, et qui vont se joindre au cortège funèbre.

Signé à gauche, en bas.

Toile. Haut., 68 cent.; larg., 1 m. 09.

N° [illegible]. — Les Saintes Femmes se rendant au Tombeau.

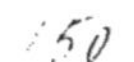

107 — **Marchande d'oranges, au Caire.**

Toile. Haut., 72 cent.; larg., 52 cent.

108 — **Mosquée d'El-Azar, au Caire.**

Toile. Haut., 72 cent.; larg., 46 cent.

109 — **Le Sphinx, vu de profil.**

Signé à droite.

Haut., 50 cent.; larg., 1 m. 01.

110 — **Tombeau d'Absalon à Jérusalem. Vallée de Josaphat.**

Carton. Haut., 41 cent.; larg., 26 cent.

111 — **Remparts de Jérusalem.**

Panneau. Haut., 22 cent.; larg., 26 cent.

112 — **Femme à âne, au Caire.**

Panneau. Haut., 32 cent.; larg., 22 cent.

113 — **Les Deux philosophes, mosquée des Derviches. Le Caire.**

Panneau. Haut., 41 cent.; larg., 21 cent.

France et divers

114 — Ferme aux environs de Cabourg.

La ferme normande, au toit de chaume, aux murs d'argile, se dresse au milieu de l'enclos dont quelques vaches, isolées ou par petits groupes, paissent l'herbe illuminée de soleil. Un chemin de traverse, où les roues des charrettes ont creusé leurs ornières, mène à la ferme. Et, sous les grands arbres, un cheval blanc, dont la robe est bleutée par des jeux de lumière, se tient debout, immobile.

Signé à gauche, en bas.

Toile. Haut., 48 cent.; larg., 73 cent.

55

115 — **Cheval dans un clos normand.**

Toile. Haut., 33 cent : larg., 42 cent.

116 — **La Cueillette des pommes.**

Toile. Haut., 90 cent.; larg., 1 m. 26.

117 — **Cheval à la ferme (environs de Cabourg).**

Toile. Haut., 58 cent.; larg., 55 cent.

118 — **Cheval blanc à l'ombre.**

Toile. Haut., 50 cent.; larg., 75 cent.

119 — **Cour de ferme en Normandie.**

Toile. Haut., 60 cent.; larg., 81 cent.

120 — **Le Loup et l'Agneau (Normandie).**

Toile. Haut., 50 cent.; larg., 80 cent.

121 — **Dans les vignes, aux environs de Fond-Froide.**

Panneau. Haut., 26 cent.; larg., 41 cent.

122 — **Environs de Montpellier.**

Panneau. Haut., 26 cent. ; larg., 41 cent.

123 — **Sur la falaise, à Houlgate.**

Panneau. Haut., 26 cent.; larg., 42 cent.

124 — **Laveuses à Moret.**

Toile. Haut., 38 cent.; larg., 55 cent.

125 — **Plaine de Varaville.**

Toile. Haut., 39 cent.; larg., 69 cent.

RED. :

24

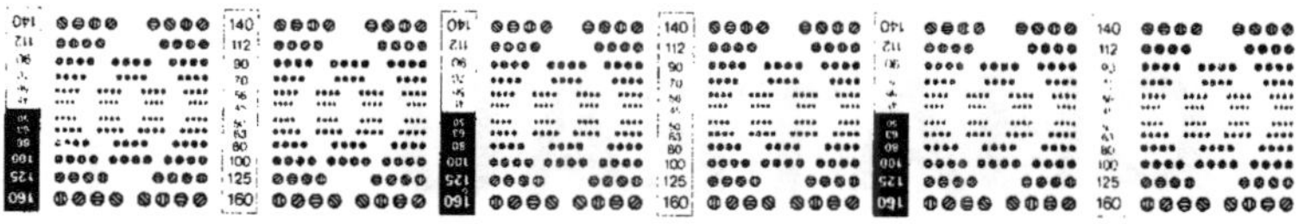

www.ingramcontent.com/pod-product-compliance
Ingram Content Group UK Ltd.
Pitfield, Milton Keynes, MK11 3LW, UK
UKHW020954180726
13838UKWH00003B/1310